おかわりへの道《みち》

山本悦子　作
下平けーすけ　絵

PHP

一《いち》　水《すい》よう日《び》、かすみの　ためいき

あと八回《はちかい》。
かすみは、
こくばんの　よこに
はってある
「三月《さんがつ》
給食《きゅうしょく》こんだて表《ひょう》」を
見《み》ながら、
ためいきを

つきました。
あと　八回《はちかい》しか、
給食《きゅうしょく》が
ないのです。
でも、そのうち
二回《にかい》は、パンです。
パンでは
ダメなのです。
ごはんで
なければ。

二年二組《にねんにくみ》の　たんにんの　りょうた先生《せんせい》は、給食《きゅうしょく》の　とき、あまった　ごはんを　おむすびに　してくれます。ラップで　ごはんを　つつみ、きゅっきゅっと　にぎってくれるのです。お母《かあ》さんみたいに　きれいな　形《かたち》じゃないし、しおも　ふりかけも　かかっていません。でも、食《た》べた　子《こ》たちは、口《くち》を　そろえて　いうのです。「サイコー！」って。

かすみは、ずっと　りょうた先生《せんせい》の　おむすびが　食《た》べてみたいと　思《おも》っていました。けれど、それは、かんたんな　ことでは　ありません。

おむすびは、おかわり用《よう》なのです。しかも、はやいものがちです。おむすびは人気《にんき》が　あるので、おかわりする　子《こ》は、かならずもらっていきます。一回《いっかい》の　給食《きゅうしょく》で、先生《せんせい》が　作《つく》ってくれるおむすびは、五《ご》こか　六《ろっ》こ。

ということは、
おむすびを
もらうためには、
クラスで　五番目《ごばんめ》か
六番目《ろくばんめ》には
食《た》べおわらないと
いけないのです。
食《た》べるのが　おそい
かすみには、ときょうそうで
いっとうを　とるくらい、たいへんな　話《はなし》です。

それに、「おかわりけん」（りょうた先生《せんせい》の　言葉《ことば》だと「おかわりを　する　けんり」）が　あるのは、「おのこし」や「へらし」を　しなかった　子《こ》だけです。「おのこし」と　いうのは、おかずや　ごはん、ぎゅうにゅうを　のこすこと。「へらし」は、食《た》べる　前《まえ》に給《きゅう》食《しょく》を　へらすことです。給食《きゅうしょく》が　多《おお》かったら、手《て》をつける　前《まえ》なら　へらすことが　できます。「多《おお》かったら」というやくそくですが、みんな　きらいなものを　ここで、こっそり　もどすのです。アレルギーで　食《た》べられないものが　あって　へらす　子《こ》は

いいのですが、
そうでない子《こ》は
「へらし」を
したら
「おかわりけん」は
なくなって
しまいます。

かすみは、　きらいなものが　多《おお》いのです。　にんじん、
ピーマン、　ねぎ、　なす。　お肉《にく》も　あぶらみの　ところは、
口《くち》に　いれると　げえっと　なります。　それで、　ついつい
へらしに　いってしまいます。
「おのこし」も　「へらし」も　しない。　そして、　五番目《ごばんめ》か
六番目《ろくばんめ》までには　食《た》べおわる。　これが　できて、　はじめて
おむすびは　手《て》に　はいるのです。
ぜったい、　むり。
二度目《にどめ》の　ためいきを　ついたとき、
「かすみちゃん、　なに、　こんだて表《ひょう》　見《み》てるの？　今日《きょう》の

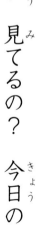

給食《きゅうしょく》、そんなに　いいもの？」
ちなちゃんに、話《はな》しかけられました。

「え？　今日《きょう》？
今日《きょう》はね、
ええと」
　こんだて表《ひょう》を、見《み》なおしていたら、
「カレー、ごはん、かいそうサラダとワカサギフライ。ぎゅうにゅう！」
　後《うし》ろから、声《こえ》が

しました。
げんちゃんです。
かすみと
ちなちゃんは、
こんだて表《ひょう》を
たしかめました。
「ほんとだ！
げんちゃん、
すごい」

「あったりめえよ。時間《じかん》わりを　見《み》るのは　わすれても、こんだて　見《み》るのは　わすれないからな」

げんちゃんは、いばっています。ちなちゃんと　かすみは、顔《かお》を　見《み》あわせて　わらいました。

げんちゃんは、給食《きゅうしょく》の　ときは　だれよりもはりきっていて、毎日《まいにち》　おかわりを　します。

いいなあ、げんちゃんは。どうしたら、あんなふうにはやく　食《た》べられるんだろう。

そのとき、はっと　ひらめきました。

そうだ。げんちゃんの　まねを　してみたら　どうだろう。

○がつ○にち○ようび

二《に》 一回目《いっかいめ》の ちょうせん

二年二組《にねんにくみ》では、給食《きゅうしょく》の ときは グループで つくえを
くっつけます。げんちゃんは、ななめ むかいの せき。
当番《とうばん》の 子《こ》が もってきた おちゃわんを のぞいて、
「ごはん もっと 多《おお》いのが いいなあ」
なんて いっています。
「手《て》を 合《あ》わせてください。
いただきます」
日直《にっちょく》さんの 言葉《ことば》で、

給《きゅう》食《しょく》かいしです。

げんちゃんは、
まず、カレーの
うつわに　ごはんを
どさっと　いれました。
そして、
先《さき》われスプーンで
ぐしゃぐしゃ
まぜはじめました。
「それ、なんだか、
まずそうだよ」

となりの　せきの
ゆりちゃんに
いわれても、
「このほうが
はやく　食《く》えるんだ」
と、すましています。
かすみも
いそいで　カレーの
中《なか》に　ごはんを
いれ、まぜました。

げんちゃんが、パクンと　一口《ひとくち》。かすみも　一口《ひとくち》。
ぎゅうにゅうに　手《て》を　のばせば、ぎゅうにゅうに。
かいそうサラダを　食《た》べたら、かいそうサラダを。
ずっと、まねを　しつづけました。それなのに、
げんちゃんが、
「先生《せんせい》、おかわりしても　いいですか？」
といったとき、かすみの　給食《きゅうしょく》は、まだ　半分《はんぶん》ちかく
のこっていたのです。
おかしいなあ。いいい　さくせんだと　思《おも》ったのに。

三《さん》　おかわりへの　道《みち》

帰《かえ》り道《みち》、ちなちゃんと
歩《ある》いていると、
「おい、かすみ」
げんちゃんに
よびとめられました。
なんだか、
もんくありげな　顔《かお》です。
「なんで、オレの

まねしてたんだ」
気《き》が　ついてたんだ、
とかすみは　思《おも》いました。
「給食《きゅうしょく》、はやく
食《た》べたくて……」
かすみは、小《ちい》さな
声《こえ》で　こたえました。
「げんちゃんの
まねしたら、はやく
食《た》べられるかなあって」

ちなちゃんが、ふしぎそうに　首《くび》を　かしげました。

「なんで、給食《きゅうしょく》、はやく　食《た》べたいの？」

「おむすびが　食《た》べてみたいの」

かすみは、しょうじきに　こたえました。

「りょうた先生《せんせい》の　おむすび、一回《いっかい》だけでも　いいから、食《た》べてみたいの」

「それで、はやく　食《た》べようと　していたの？」

ちなちゃんは、あきれ顔《がお》です。

「ずっと、食《た》べてみたかったの。りょうた先生《せんせい》の　おむすび」

りょうた先生《せんせい》は、今年《ことし》　先生《せんせい》に　なったばかり。元気《げんき》で　やさしい　先生《せんせい》です。体育《たいいく》の　じゅぎょうが大《だい》すきで、こくばんの　字《じ》は、ちょっぴり　ヘタクソです。休《やす》み時間《じかん》は　みんなと　あそんでくれます。

四月《しがつ》の　はじめ、二年《にねん》二組《にくみ》の　子《こ》たちは、あんまり　給食《きゅうしょく》を　食《た》べず、いつもごはんが　のこっていました。先生《せんせい》が、

「おかわりして　いいんだぞ」

といっても、だれもおかわりしません。

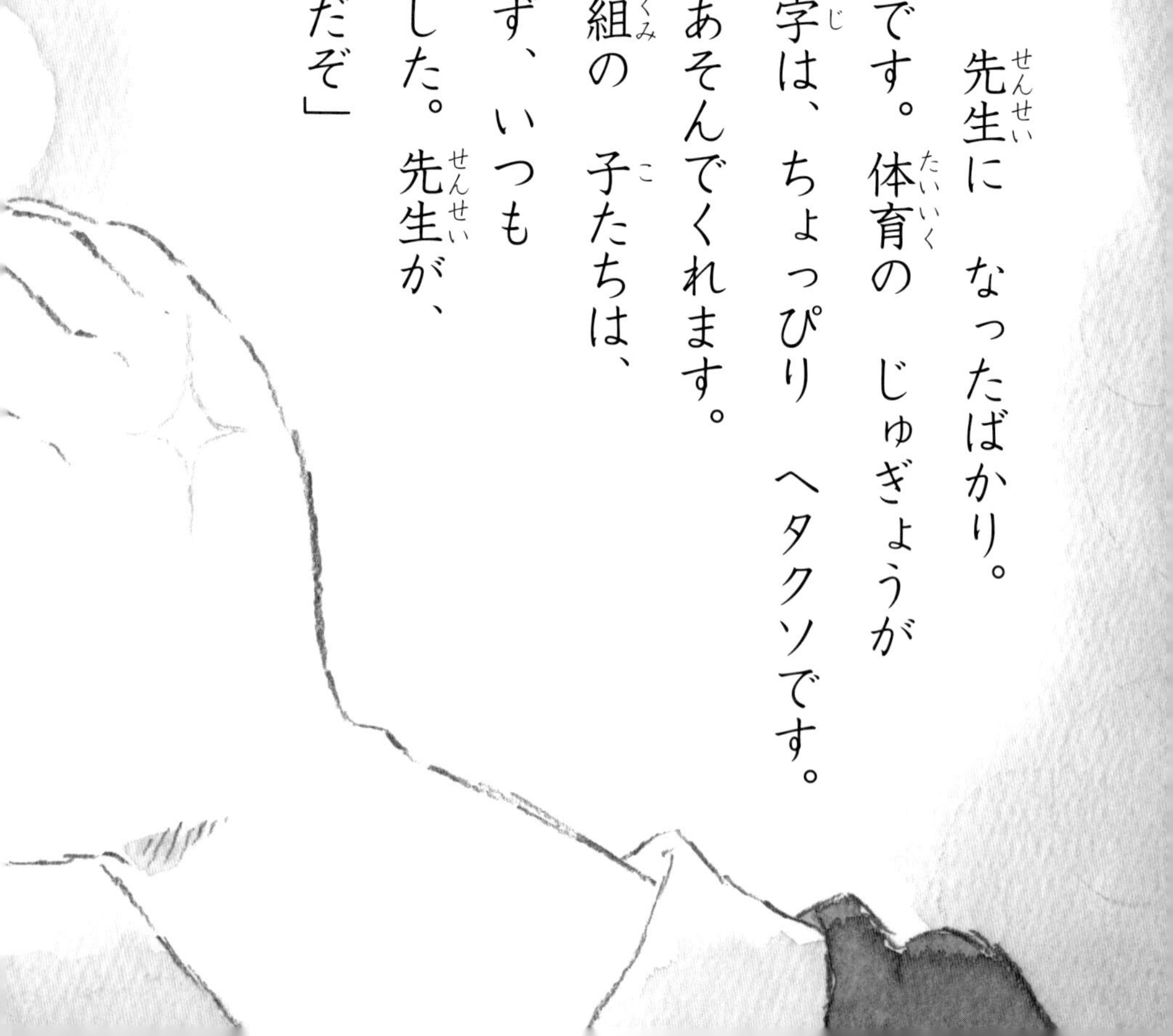

そんなときです。
先生《せんせい》が　おむすびを
作《つく》りはじめたのは。
先生《せんせい》は、大《おお》きな　手《て》で
小《ちい》さな　おむすびを
なんこも　作《つく》ってくれました。
みんなは、おむすびが
食《た》べたくて、
いっしょうけんめい
給食《きゅうしょく》を　食《た》べるように　なりました。

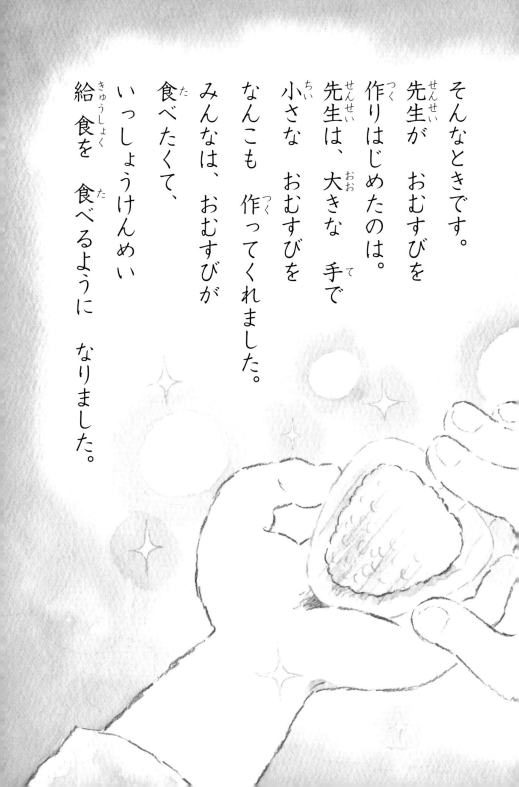

「でもね、
わたし、一回《いっかい》も
おかわりできなくて……。
このままだと、
おむすびを
食《た》べないまま、
三年生《さんねんせい》に
なっちゃう」
そうしたら、もう、
りょうた先生《せんせい》の

おむすびは
食《た》べられないのです。
そう思《おも》うと、なみだが
でてきそうでした。
「げんちゃん、
わたしに　給食《きゅうしょく》を
はやく　食《た》べる
ほうほうを　教《おし》えて！」
かすみは、思《おも》いきって
たのみました。

「そんなこと、いわれても……」

げんちゃんは、こまった　顔《かお》です。

「げんちゃん、きょうりょくしてあげなよ」

ちなちゃんも、たのんでくれました。

「う～ん」

げんちゃんは、うでぐみを　して　ちょっと　考《かんが》えた
あと、いいました。

「おかわりの　道《みち》は　けわしいぞ。ついてこられるか？」

「うん！　がんばる！」

かすみは、力強《ちからづよ》く　こたえました。

四《よん》　木《もく》よう日《び》の　さくせんかいぎ

「さくせんかいぎを　する」
つぎの日《ひ》、給食《きゅうしょく》の　あとの　休《やす》み時間《じかん》に、かすみと
ちなちゃんと　げんちゃんは、体育館《たいいくかん》の　うらに
あつまりました。
今日《きょう》の　給食《きゅうしょく》は、あげパンと　やきそばと　スープでした。
だから、おむすびは　なかったのですが、げんちゃんは、
いいたいことが　あるようでした。
「おまえ、スープ、へらしただろ」

げんちゃんは、ちゃんと見《み》ていました。

「だって、ピーマンが
はいってたんだもの」
　こまかい　ピーマンを
いっこいっこ、
はしで　つまんで
かえすのは、
たいへんでした。
「はなを
つまんでみろ。
においが　しないから、

ほとんどのものは
食《た》べられるはずだ」
げんちゃんは、
きびしい　声《こえ》で
いいました。
かすみは、
こっくり
うなずきました。
げんちゃんは、さらに
つづけました。

「それに、いちいち　はしを、おくな。おまえは、一口《ひとくち》食《た》べるたびに　ナフキンや　おさらの　上《うえ》に　おくから、おそくなるんだ」

かすみは、びっくりしました。いわれるまで、自分《じぶん》がいちいち　はしを　おいているなんて気《き》づいていなかったからです。

「それから、おしゃべりも　きんし」

「げんちゃん、それじゃあ、たのしく　ごはんが食《た》べられないよ」

ちなちゃんが、かばってくれましたが、げんちゃんは、ゆるしてくれませんでした。
「口《くち》は　一《ひと》つ。
しゃべってたら、
食《く》えないだろ。
おかわりしたいなら
がまんしろ」
　げんちゃんの
いうとおりです。
おかわりへの　道《みち》は
あまくは　ないのです。

五《ご》　金《きん》よう日《び》、二回目《にかいめ》の　ちょうせん

次《つぎ》の日《ひ》、かすみは　学校《がっこう》に　行《い》くと　すぐに　こんだて表《ひょう》を　かくにんしました。

今日《きょう》の　おかずは、コロッケと　ほうれんそうの　ソテー、おみそしる。これなら　いけるかもしれません。

「今日《きょう》は、
だいじょうぶだよ、
きっと」

ちなちゃんも、
そういってくれました。
「お！　かすみちゃん、今日《きょう》は
なんだか　はりきってるな」
ちょうど　教室《きょうしつ》に
はいってきた　りょうた先生《せんせい》が
声《こえ》を　かけてくれました。

「先生《せんせい》、かすみちゃんね」
ちなちゃんが、いいそうに　なるのを、かすみは
止《と》めました。おむすびが　食《た》べたいなんて、ちょっと
はずかしかったのです。
じゅぎょうの　ときも、給食《きゅうしょく》の　ことばかり
考《かんが》えていました。頭《あたま》の　中《なか》で　げんちゃんに
いわれたことを　なんども　かくにんしました。
給食《きゅうしょく》の　時間《じかん》に　なりました。「へらし」の　子《こ》たちが
おわると、先生《せんせい》は　おむすびを　作《つく》ります。
「きょうは、七《なな》つも　できたぞ」

と、先生《せんせい》。げんちゃんが、かすみの　ほうを　見《み》て、
「チャンス」と　口《くち》を　動《うご》かしました。

まずは、
ぎゅうにゅうを
いっきに　のみました。
それから、
おみそしるを
一口《ひとくち》。つぎに　ごはん。
そして　コロッケ。
今日《きょう》は、サトイモの
コロッケです。
ねっとりしているせいか、

なかなか　のどを
通《とお》りません。
おはしは、一度《いちど》も
おいていないし、
おしゃべりも
していません。
それなのに、
目《め》の　前《まえ》の
給食《きゅうしょく》は　ちっとも
へっていかないのです。

「先生《せんせい》、おかわりして
いいですか？」
気《き》が　ついた
ときには、
げんちゃんが
おかわりを
していました。
「おれも、おかわり」
げんちゃんの
すぐあとに、

だいごくんが、
おむすびを
とりました。
そのあとも、
つぎつぎに
おかわりを　する
子《こ》が　でてきました。
ちなちゃんが、
しんぱいそうに
見《み》ています。

かすみは、まだ　のこっている　コロッケを
おみそしるで　ながしこみました。でも、ごはんも　まだ
あるのです。ソテーだって。
「う……」
のどの　ところまで、ごはんが　つまっている　気《き》が
します。これいじょう　口《くち》に　いれたら、
でてきてしまいそうです。
かすみは、おかわりどころか、とうとう　おのこしを
してしまいました。

六《ろく》　あらたな　さくせん

「一番《いちばん》、だめなのは、
かすみが　たくさん
食《た》べられないってことだ」
給食《きゅうしょく》の　あとの
さくせんかいぎで、
げんちゃんは
いいました。
「おまえ、給食《きゅうしょく》の　前《まえ》、

はら、へってる？」

げんちゃんに　聞《き》かれて、

かすみは　首《くび》を　よこに

ふりました。

それを　見《み》て、

「うへー。

しんじられねえ」

げんちゃんは、

よろよろと　たおれる

まねを　しました。

「朝《あさ》ごはん、食《た》べないで　きたら　どう？」
ちなちゃんが、いいました。
「それは　ダメ。おこられるもん」
かすみの　家《いえ》は、朝《あさ》ごはんは　ちゃんと　食《た》べないと
いけないのです。
「おまえさ、元気《げんき》っこタイム、なにしてる？」
ふいに、げんちゃんが　たずねました。元気《げんき》っこタイムと
いうのは、二時間目《にじかんめ》と　三時間目《さんじかんめ》の　間《あいだ》の　長《なが》い
休《やす》み時間《じかん》です。
「ちなちゃんと　おしゃべりしたり、本《ほん》を　読《よ》んだり……」

「外《そと》で　あそんでみろ。おなかが　すくからさ」
げんちゃんは　いいました。

「それから、おまえは、一口《ひとくち》が　少《すく》ないと　思《おも》う。
もっと　がばっと　食《く》って、しっかり　かむんだ」
げんちゃんは、そんなことも　アドバイスしてくれました。
「それと、おまえ、今日《きょう》　一番《いちばん》に　ぎゅうにゅうを
のんだだろ」
そのとおりでした。のどが　かわいていたのです。
「あれは　ダメだ。さいしょに　ぎゅうにゅうを　のむと、
それだけで　おなかが　ふくれるんだ」
「え？　そうなの？」
かすみと　ちなちゃんが、どうじに　たずねました。

げんちゃんは
うなずきました。
「こんどの　月《げつ》よう日《び》は、
気《き》を　つける」
かすみが　いうと、
「月《げつ》よう日《び》の　こんだてを
かくにんしてみよう」
げんちゃんは、
ポケットから
おりたたんだ

こんだて表《ひょう》をだしました。

「そんなの、もってるんだ！」

かすみは、びっくりして　声《こえ》を　あげました。

「食《た》べられそうか？」

月《げつ》よう日《び》は、はっぽうさいと　はるまきです。

「はっぽうさいの　お肉《にく》が　ダメ。はいちゃう」

はっぽうさいの　お肉《にく》は、ぶよぶよしているのでにがてです。

「じゃあ、月《げつ》よう日《び》は
あきらめよう」
げんちゃんは
いいました。
「でも、火《か》よう日《び》は、
パンだし……」
「あ、この日《ひ》が　いいよ」
ちなちゃんが
指《ゆび》さしたのは、木《もく》よう日《び》。
そつぎょうしきの

前《まえ》の日《ひ》です。おいわいの
おせきはん、エビフライ、
すましじる。これなら、
食《た》べられそうだと
かすみも　思《おも》いました。
でも、げんちゃんは
首《くび》を　よこに　ふりました。
「ダメだ。せきはんは
人気《にんき》だし、みんな、
ねらってくるはずだ」

「じゃあ、ここは？」

ちなちゃんが、つぎの　週《しゅう》の　月《げつ》よう日《び》、一年《いちねん》から五年《ごねん》までの　給食《きゅうしょく》さいしゅう日《び》を　指《ゆび》さしました。

「ここも　ダメだ。おかずも　ハンバーグだし、さいごだから、みんな、バクバク　食《た》べるだろう。かすみには、ハードルが　高《たか》すぎる。つまり……」

げんちゃんは、水《すい》よう日《び》を　ビシッと　おさえました。

「チャンスは、ここしかない！　けっせんは　水《すい》よう日《び》だ」

七《なな》　さいごの　さくせんかいぎ

月《げつ》よう日《び》と　火《か》よう日《び》、
げんちゃんに　いわれたとおり、
外《そと》で　あそんでみました。
りょうた先生《せんせい》と　いっしょに、
おにごっこを　しました。
そしたら、本当《ほんとう》に
四時間目《よじかんめ》には　おなかが
ぺこぺこに　なっていました。

火《か》よう日《び》の　給食《きゅうしょく》の　あと、
さいごの　さくせんかいぎを　しました。
「教《おし》えることは、もう　なにも　ない」
と、げんちゃんは、いいました。

あすの　こんだては、「にくだんご」「もやしいため」「たまごスープ」です。
「にくだんごは　三《みっ》つ。ぜんぶ、一口《ひとくち》で　食《た》べるんだ。まにあいそうに　なかったら　スープで　ながしこめ」
「ええ〜。それは、さすがに……」
そんな　おぎょうぎの　わるいことを　しなくても、食《た》べられる　じしんが　ありました。
ぜったい　食《た》べる。そして、おむすびを　手《て》に　いれるんだ。かたく　心《こころ》に　ちかいました。

八《はち》　水《すい》よう日《び》は　けっせんの　日《ひ》

とうとう
けっせんの　日《ひ》が
やってきました。
かすみは、朝《あさ》から
きんちょうしていました。
「あのね、
今《いま》さらなんだけどさ」
ちなちゃんが、

おずおずと　いいました。

「先生《せんせい》に、どうしても　おむすびが　食《た》べたいって　いったら、作《つく》ってくれるんじゃない？」

やさしい　先生《せんせい》は、「どうしても」と、おねがいすれば、作《つく》ってくれるかも　しれません。でも、それでは　ダメなのです。

「わたし、せいせいどうどうと　おむすびを　とりたいの」

かすみは、きっぱり　いいました。

元気《げんき》っこタイムは、ドッジボールに　いれてもらいました。
ずっと　にげていただけですが、たくさん　走《はし》りました。
そして、いよいよ　給食《きゅうしょく》の　時間《じかん》が
やってきました。
でも、当番《とうばん》が
おいてくれた
ごはんを　見《み》て、
かすみは
なきそうに
なりました。

多《おお》いのです。
不安《ふあん》に
なりましたが、
「だいじょうぶ」と
自分《じぶん》に
いいきかせました。
いぜんの　かすみとは
ちがうのです。
きっと
食《た》べられるはず。

先生《せんせい》が　いつものように、
おむすびを　作《つく》ってくれます。
せのびして　先生《せんせい》の　手元《てもと》を
のぞきこんだ　げんちゃんが、
「今日《きょう》は、いつつ！」
と、聞《き》こえるように　いってくれました。
かすみは、にくだんごを　口《くち》に　いれました。
おいしいけれど、ゆっくり
あじわっている　ひまは　ありません。
大《おお》きな　口《くち》で　ごはんを　食《た》べます。

そして　たまごスープ。あいま　あいまに、
ぎゅうにゅうも　のみました。いいペースです。

　それでも、おちゃわんの　中《なか》の
ごはんは　なかなか　へっていきません。
三《み》つ目《め》の　にくだんごを　食《た》べおえても、
まだ　あるのです。
「先生《せんせい》、おかわりして
いいですか？」
　だいごくんが、
立《た》ちあがりました。

つづいて、けいたくんと
みずほちゃんが、
おかわりしました。
おむすびは、
あと　二《に》こです。
「おかわりしても
いいですか？」
そらくんが、
おかわりしました。
ああ、あと　一《いっ》こしかない。

どうしよう。
そのとき、
げんちゃんが
目《め》に
はいりました。
げんちゃんは、
だまって　かすみを
見《み》ています。手《て》も　口《くち》も
うごいていません。食《た》べおわっているのです。それでも
おかわりせず、かすみを　まっていてくれるのです。

かすみは、心《こころ》を　きめました。ごはんの　上《うえ》にたまごスープの　のこりを　かけました。ぎょうぎがわるいことは　わかっています。でも、今《いま》は　こうするしかないのです。おちゃわんに　口《くち》を　つけ、ごはんをかきこみます。さいごの　ひとつぶを　口《くち》に　いれて、手《て》をあげようとした　ときです。ひろきくんの　声《こえ》がひびきました。

「先生《せんせい》、おかわりして　いいですか？」

まにあわなかった……。

おちゃわんを　もつ　手《て》から、力《ちから》が　ぬけていきました。

そのときです。

「ひろきくん、おちゃわんに　ごはんが　いっぱい
ついてるよ。ダメだよ、これじゃ」

ちなちゃんの　声《こえ》が　しました。

「ほんとだ。まだ、のこってる」

と、ほかの　子《こ》たちも　いいだし、ひろきくんは、
もう一度《いちど》、はしを　もちました。

げんちゃんが、かすみを　見《み》て　うなずきました。

かすみは、まっすぐに　手《て》を　あげました。

「先生《せんせい》！　おかわりしても　いいですか？」

クラス中《じゅう》の　目《め》が、
かすみに
あつまりました。
みんな、目《め》を
まるくしています。
先生《せんせい》は、にっこり
うなずきました。
「かすみちゃん、
がんばったね」

さいごの
おむすびを、
かすみは
うやうやしく
手《て》に　とりました。
ぴかぴかの
おむすびです。

ほんの　少《すこ》し、かじってみました。ほんのり　あまい、
やさしい　あじです。
げんちゃんと　ちなちゃんが、にこにこしながら
のぞきこみました。
「どう？」
かすみは、元気《げんき》よく　こたえました。
「サイコー！」

作　山本悦子（やまもと・えつこ）
愛知県生まれ。『神隠しの教室』（童心社）で、第55回野間児童文芸賞を受賞。おもな作品に「テディベア探偵」シリーズ（ポプラ社）、「ポケネコ・にゃんころりん」シリーズ『がっこうかっぱのイケノオイ』『先生、しゅくだいわすれました』（以上、童心社）、『ななとさきちゃん　ふたりはペア』『夜間中学へようこそ』（以上、岩崎書店）などがある。

絵　下平けーすけ（しもひら・けーすけ）
茨城県生まれ。児童書を中心に、イラストレーターとして活躍する。おもな作品に、『三年一組、春野先生！』『三年二組、みんなよい子です！』『おじいちゃんが孫に語る戦争』（以上、講談社）、『へんしん！　へなちょこヒーロー』（文研出版）、『とくべつなお気に入り』（岩崎書店）などがある。

おかわりへの道《みち》

2018年3月15日　第1版第1刷発行
2019年8月30日　第1版第3刷発行

作　山本悦子
絵　下平けーすけ
発行者　後藤淳一
発行所　株式会社PHP研究所
東京本部　〒135-8137　江東区豊洲5-6-52
児童書出版部　☎03-3520-9635（編集）
普及部　☎03-3520-9630（販売）
京都本部　〒601-8411　京都市南区西九条北ノ内町11
PHP INTERFACE　https://www.php.co.jp/
印刷所・製本所　図書印刷株式会社
制作協力・組版　株式会社PHPエディターズ・グループ
装　幀　本澤博子

 ISBN978-4-569-78758-9

NDC913　79P　22cm